El
nabo
gigante

Para Owen - N.S.

Barefoot Books
2067 Massachusetts Ave
Cambridge, MA 02140

Copyright ilustraciones © 1998: Niamh Sharkey

Traducción: Esther Sarfatti

Se reconoce el derecho de Niamh Sharkey como ilustradora de este trabajo.

Diseño gráfico: Polka. Creation, Inglaterra. Separación de colores: Grafiscan, Italia
Impreso en China por Printplus Ltd. Impreso en papel 100% acid-free

22 24 26 27 25 23

U.S. Cataloging-in-Publication Data (Library of Congress Standards)
Tolstoy, Alekesi.
    El nabo gigante / Aleksei Tolstoy and Niamh Sharkey.

[40] p. : col. ill. ; 28 cm.
Originally published as: The gigantic turnip, 1999.
"Translated by Esther Sarfatti".—verso t.p.
Summary: A hilarious retelling of the famous Russian folktale of the turnip that grows and grows and grows. Simple vocabulary, lots of repetition, and quirky illustrations add to its appeal.
ISBN: 1-84148-396-6
1.   Folklore — Russia. I. Sharkey, Niamh. II. Sarfatti, Esther. III. The gigantic turnip. IV. Title.
    398.2/ 0947 21   2000   AC CIP

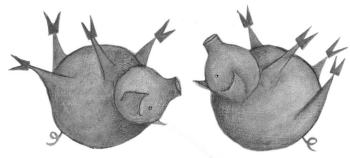

El nabo gigante

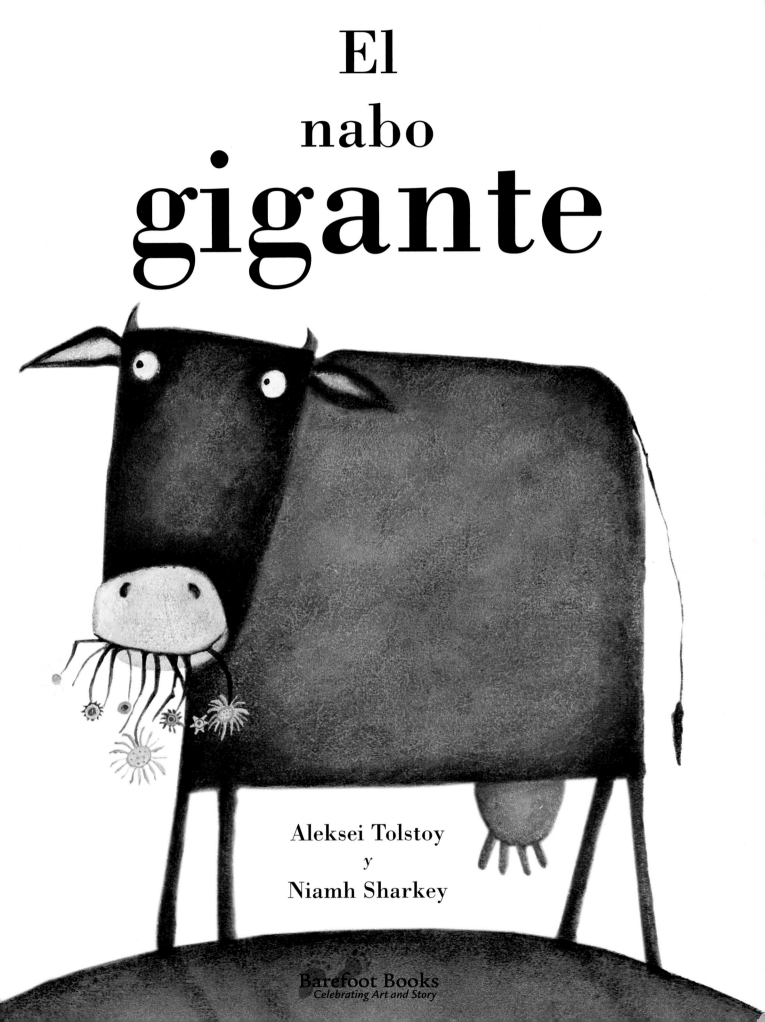

Aleksei Tolstoy
y
Niamh Sharkey

Barefoot Books
Celebrating Art and Story

Hace mucho tiempo, una pareja de viejos campesinos vivía en una casita vieja y torcida que tenía un jardín grande y lleno de maleza.

Los
campesinos

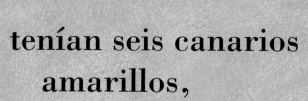

tenían seis canarios
amarillos,

cinco gansos blancos,

cuatro gallinas pintas,

tres gatos negros,

dos cerditos barrigudos

y una enorme vaca marrón.

Un buen día del mes de marzo, la campesina se levantó de la cama, olió el aire dulce de la primavera y dijo:

—Es hora de sembrar el huerto.

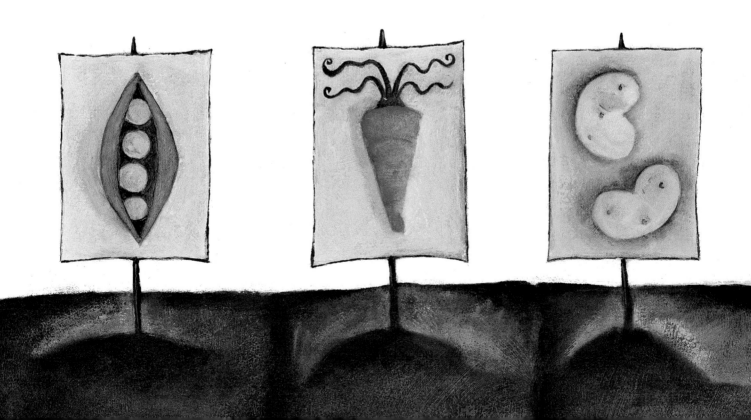

Sembraron guisantes y zanahorias
y papas y frijoles. Y, por último,
sembraron nabos.

Esa noche llovió. La lluvia caía en el jardín de la casita vieja y torcida. Los viejos campesinos sonreían mientras dormían.

La lluvia ayudaría a que las semillas
se hincharan y dieran verduras
ricas y jugosas.

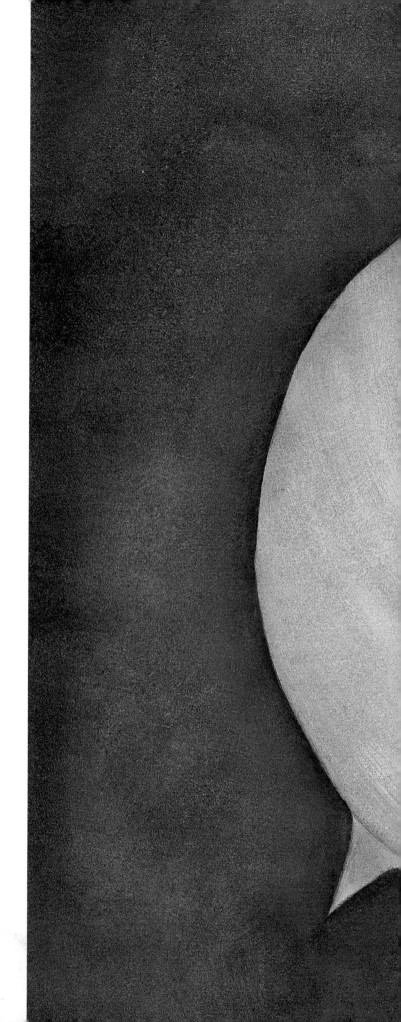

Pasó la primavera y el sol del verano hizo crecer las verduras. El viejo campesino y su esposa cosecharon sus zanahorias y papas y guisantes y frijoles y nabos. Ya sólo quedaba un nabo al final de la fila. Parecía muy grande. De hecho, parecía

gigante.

Un buen
día del mes
de septiembre,
el viejo campesino
se levantó de la
cama, olió el aire
fresco del otoño y
dijo:
—Es hora de arrancar
ese nabo.
Y salió al jardín.

El campesino agarró el nabo y haló y haló con todas sus fuerzas, pero el nabo no se movió.

El viejo campesino fue a buscar a su esposa.

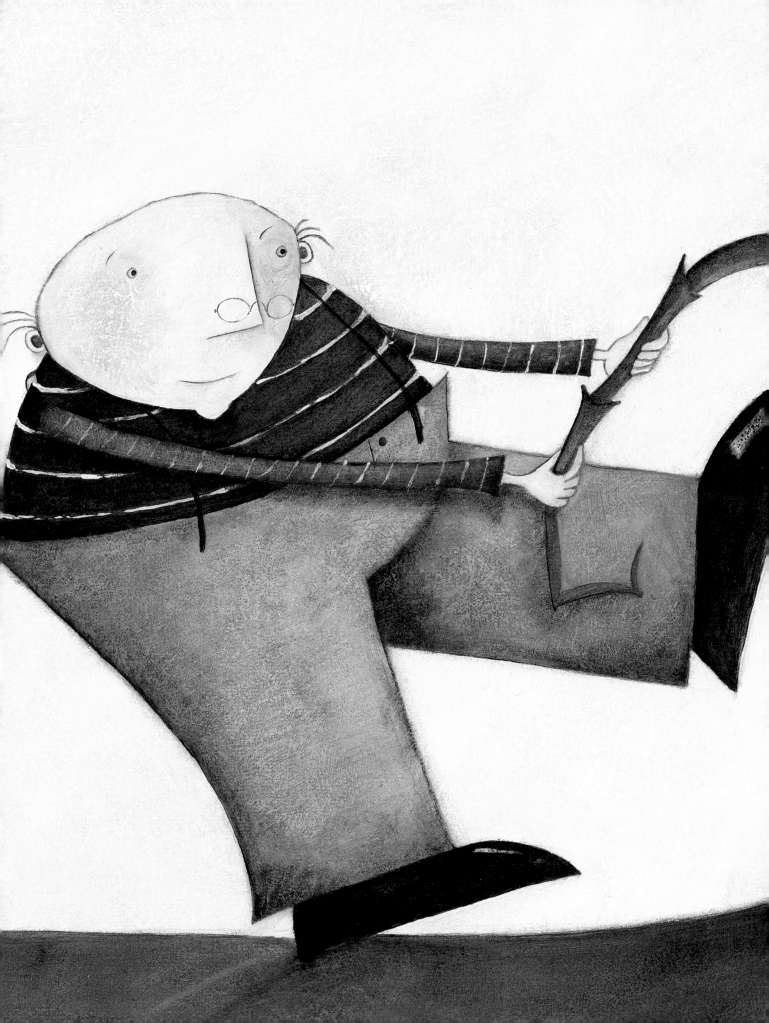

La campesina se agarró a
la cintura de su esposo y
juntos halaron y halaron
con todas sus fuerzas,
pero aun así el nabo no
se movió.

Así que la vieja
campesina fue a buscar a
la enorme vaca marrón.

El viejo campesino, su esposa y la
enorme vaca marrón halaron y
halaron con todas sus fuerzas, pero
aun así el nabo no se movió.

Así que el campesino se secó la frente
y fue a buscar a los dos cerditos
barrigudos.

El viejo campesino, su esposa, la enorme vaca marrón y los dos cerditos barrigudos halaron y halaron con todas sus fuerzas, pero aun así el nabo no se movió.

Así que la campesina se arremangó y fue a buscar a los tres gatos negros.

El viejo campesino, su esposa, la enorme vaca marrón, los dos cerditos barrigudos y los tres gatos negros halaron y halaron con todas sus fuerzas, pero aun así el nabo no se movió.

Así que uno de los gatos movió la cola y fue a buscar a las cuatro gallinas pintas.

El viejo campesino, su esposa, la enorme vaca marrón, los dos cerditos barrigudos, los tres gatos negros y las cuatro gallinas pintas halaron y halaron con todas sus fuerzas, pero aun así el nabo no se movió.

Así que una de las
gallinas se alisó las
plumas y fue a buscar a
los cinco gansos blancos.

El viejo campesino, su esposa, la enorme vaca marrón, los dos cerditos barrigudos, los tres gatos negros, las cuatro gallinas pintas y los cinco gansos blancos halaron y halaron con todas sus fuerzas, pero aun así el nabo no se movió.

Así que uno de los gansos
estiró el cuello y fue a buscar
a los seis canarios amarillos.

El viejo campesino, su esposa, la enorme vaca marrón, los dos cerditos barrigudos, los tres gatos negros, las cuatro gallinas pintas,

los cinco gansos blancos y
los seis canarios amarillos
halaron y halaron con
todas sus fuerzas.

Aun así el nabo no se movió.

El campesino se rascó la cabeza.

Los animales y los pájaros cayeron rendidos al suelo.

Pero a la campesina se le ocurrió una idea.

Fue a la cocina y puso
un pedacito de queso
al lado de la ratonera.
Muy pronto, un
ratoncito hambriento
sacó la cabecita por el
agujero. La campesina
agarró al ratoncito y
lo llevó afuera.

El viejo campesino, su esposa, la enorme vaca marrón, los dos cerditos barrigudos, los tres gatos negros, las cuatro gallinas pintas,

los cinco gansos blancos,
los seis canarios amarillos
y el ratoncito hambriento
halaron y halaron con
todas sus fuerzas.

¡Plop!

El nabo gigante salió disparado de la tierra y todos se cayeron hacia atrás. Los canarios se cayeron encima del ratoncito, los gansos se cayeron encima de los canarios, las gallinas se cayeron encima de los gansos, los gatos se cayeron encima de las gallinas, los cerditos se cayeron encima de los gatos, la vaca se cayó encima de los cerditos, la campesina se cayó encima de la vaca y el campesino se cayó encima de su esposa.

Todos quedaron tendidos en el suelo y comenzaron a reírse.

Aquella noche, el viejo campesino y su esposa prepararon una gran olla de estofado de nabo. Todos comieron hasta llenarse. ¿Y saben qué? El ratoncito hambriento fue el que más comió.